La varicelle x 7

Loi n° 49-956 du 16 juillet 1949 sur les publications destinées à la jeunesse, modifiée par la loi n° 2011-525 du 17 mai 2011
ISBN : 978-2-09-254733-5
N° éditeur : 10232224 – Dépôt légal : juin 2013
Achevé d'imprimer en décembre 2016 par Pollina, Luçon, 85400 - L79039

SUSIE MORGENSTERN

la famille trop d'filles

La varicelle x 7

Illustrations de Clotka

Nathan

un

Les travaux de Grand-Mère Léo

Quand sa fille unique a accouché de son septième enfant, Éléonore n'a pas été ravie du tout.

Sa fille, Ariane, est une brillante reporter de guerre, d'accord… mais elle n'est pas une superwoman. Elle ne peut pas être à la fois chez elle et à l'autre bout de la planète pour raconter à la télé tout ce qui se passe dans les armées du monde…

Le gendre d'Éléonore, Arthur Arthur, n'assure pas plus la garde de sa tribu. C'est un astucieux inventeur qui parcourt le pays de long en large pour commercialiser ses trouvailles.

Les deux parents ont donc délégué l'éducation de leurs six filles et de leur fils à Billy, le garçon au pair irlandais. Il est le principal berger de ce petit troupeau, alors qu'il ne parle même pas correctement français. Anna, l'aînée de la fratrie, qui est une fille responsable, assume aussi souvent le rôle de gardienne de ses cadets.

Non, décidément, Éléonore ne comprend pas comment on peut ressentir l'utilité ou la nécessité d'avoir autant d'enfants si c'est pour ne jamais être avec eux. Pourtant, elle raconte partout, et à qui veut l'entendre, qu'elle est sept fois grand-mère : cela la rend fière comme si on lui avait décerné la Légion d'honneur. En fait, elle en est ravie tant qu'elle n'est pas obligée de grandmerder. Elle aime ses petits-enfants… mais de loin. D'ailleurs, elle s'est toujours débrouillée pour ne jamais avoir à changer les couches ou à faire la nounou. Pour chaque nouvelle naissance, une visite chronométrée à la clinique avec dix doudous, vingt grenouillères, un bouquet de fleurs et une boîte de calissons sous le bras… un coup de fil de temps en temps… c'est bien assez pour « Grand-Mère Léo ».

Éléonore a cependant adopté un système grand-maternel plutôt généreux : elle fait des cadeaux dès qu'elle le peut, si bien que ses petits-enfants l'appellent parfois « Grand-Mère Noël ». Elle adore leur acheter des montagnes de choses : à Cara, une robe de fée ; à Dana, un manteau de toutes les couleurs ; à Bella, des cahiers et des livres ; à Anna, un pull en cachemire ; à Elisa, un justaucorps rose fluo ; à Flavia, un puzzle de mille pièces ; à Gabriel, un énième camion de pompiers… Surtout, chaque mois, elle offre à l'un d'eux, à tour de rôle, quelques jours d'escapade avec elle. Un mois, elle

accompagne Anna passer le week-end sur une plage paradisiaque, avec cocotiers, sable fin et cocktails de fruits. Un autre, elle offre à Cara deux jours à Hollywood, ou alors elle emmène Gabriel dans un restaurant étoilé ou propose à Dana de la rejoindre à la Fashion Week de Milan… Elle n'est jamais à court d'idées.

Si Grand-Mère Léo peut leur offrir tant de belles choses, c'est grâce à l'argent que lui ont légué quatre de ses maris, tous morts. Émile, son premier époux, est le père d'Ariane, et donc le grand-père des sept enfants. Il est le seul de ses anciens maris à être encore en vie. Grand-Mère Léo et lui ont divorcé il y a très longtemps. Ils sont fâchés depuis trente ans et les enfants ne les ont jamais vus ensemble.

Le quotidien de Grand-Mère Léo est bien organisé. Il faut dire qu'entre les dîners gastronomiques, les concerts, le théâtre, les copines, les voyages et la recherche acharnée d'un cinquième mari riche (et d'un sixième mari tout court), ses journées sont bien remplies. En réalité, elle n'a pas vraiment besoin d'un mari riche (ou même d'un mari tout court), mais, tant qu'à faire, elle trouve que la vie est plus amusante à deux.

Elle préfère les hommes fortunés parce que, d'après son expérience, tant qu'ils sont occupés à gérer leurs biens, ils la laissent tranquille et ne viennent pas complètement perturber ses habitudes.

Éléonore est justement en train de penser à ce vent de liberté qui caractérise sa vie quand le téléphone sonne. Rien qu'au ton de la mélodie émise par l'appareil, elle sait que ce coup de fil n'a rien de bon. Effectivement, c'est sa fille époustouflante, qui l'appelle d'Afghanistan.

– Maman ?

Bingo : ce « maman » signifie « au secours ».

– Ma chérie, je t'ai vue aux infos hier soir, dans le tumulte de la guerre. Tu n'es pas blessée au moins ?

– Non, tout va bien, maman, mais j'ai besoin de toi.

Le léger sourire d'Éléonore s'efface. Elle a tendance à l'oublier, mais elle sait qu'on n'est jamais vraiment à la retraite quand on est parent…

– Billy, notre Irlandais adoré, doit retourner chez lui deux semaines pour le mariage de son frère. Le remplaçant qu'on avait dégotté s'est cassé la jambe. Je téléphone partout depuis deux jours pour trouver un remplaçant au remplaçant… Personne n'est disponible pour garder les enfants. Tu es mon dernier recours.

– Il suffit que Billy reste ici ! Son frère peut bien se marier sans lui !

– Mais, maman, je ne vais pas le retenir en France ! De toute façon, la loi lui donne droit à des vacances. Et rappelle-toi que quand il s'agissait de toi, je suis venue à TOUS tes mariages ! À ta demande !

– Et ton père ? C'est leur grand-père après tout !

– Tu sais bien qu'il les garde beaucoup. Mais il doit subir des examens médicaux, je ne veux pas le fatiguer avec ça.

Éléonore voit se désintégrer deux semaines de sorties au théâtre, de dîners au restaurant et même un rendez-vous galant

avec un candidat inconnu susceptible de devenir son sixième mari. Elle pourrait donner des douzaines de prétextes ou dire carrément « non, je ne peux pas », mais sa fille ne lui demande jamais rien. De temps en temps, il faut bien répondre à l'appel… oui, rendre service, c'est ça !

– Bien… Quand dois-je pointer pour cet emploi ?

– Dans une semaine.

La mort dans l'âme, Éléonore avale sa salive, et presque en s'étranglant elle dit :

– Je serai là.

Après tout, il y a des grands-mères qui attendent leurs petits-enfants tous les jours à la sortie de l'école, les gardent le mercredi, leur concoctent des goûters faits maison, tricotent et cuisinent pour eux. Si elle offre deux semaines de sa vie à ce troupeau de

presque orphelins, elle ne va pas en mourir. Ou peut-être que si ?

Ce qui est sûr, c'est qu'aller vivre deux semaines chez sa fille (un taudis !), pour Éléonore, ce n'est pas possible. Après toutes ces années de luxe, elle doit s'assurer d'un minimum de confort.

Elle se rend donc chez ses petits-enfants pendant qu'ils sont à l'école. Comme un éclaireur en reconnaissance de terrain, elle s'introduit dans la maison. Heureusement, il y a quelques années, sa fille lui a donné une clé « au cas où » qui ne lui a jamais été utile. Le temps est venu de s'en servir !

Éléonore visite les lieux chambre par chambre (quatre en tout), puis examine le

salon, la cuisine, la salle de bains… À la vue de cette dernière pièce, elle pousse son unique soupir de désespoir, puis son seul cri d'horreur :

– Je n'y crois pas ! Il n'y a même pas de baignoire !

Si elle doit passer quinze jours dans cette maison invivable, ce ne sera pas sans aménagement ! Ni une ni deux, elle convoque son architecte et, ensemble, ils décident de faire quelques transformations rapides.

– Il y a la place pour installer une baignoire si on enlève cette cloison, indique-t-elle. Même chose pour la chambre des parents : on peut l'élargir en supprimant le couloir… et on mettra un lit plus grand.

– Je vais rassembler une équipe d'artisans pour demain matin à sept heures.

– Neuf heures. Donnez-moi le temps

d'arriver... Et il faut que les enfants soient évacués !

L'argent ne peut sans doute pas tout... mais il aide parfois les choses à se régler, car c'est bien à neuf heures le lendemain que les ouvriers arrivent. Ils commencent à casser les murs, pendant qu'Éléonore fait le tour des commerçants pour s'assurer que la baignoire Jacuzzi, le lit et d'autres bricoles qu'elle a commandés seront bien livrés dans la journée.

Quand elle retourne chez sa fille, en fin de journée, les travaux ont avancé : elle découvre un vrai champ de bataille, avec des nuages de poussière et la maison à moitié démolie. Les enfants eux aussi sont de retour. Ils s'alignent devant elle, désemparés.

Bella est la première à oser parler.

– Grand-mère, regarde ce qui est arrivé !

On ne comprend rien. Qu'est-ce qu'on va faire ?

– C'est un *big mistake* ! dit Billy.

– Une catastrophe ! renchérit Anna.

Gabriel se contente de tousser et de cracher.

Grand-Mère Léo s'explique :

– Désolée pour le désagrément… Je fais quelques petits travaux en prévision de mon séjour chez vous la semaine prochaine. Allez, pour me faire pardonner, je vous invite tous au restaurant ce soir. Je n'imaginais pas tout ce tintouin pour une baignoire de rien de tout ! On va essayer de nettoyer un peu, pour que vous puissiez quand même dormir cette nuit.

Dans un premier temps, le « on », ce sont Billy, Anna, Bella et Cara, qui commencent à déblayer les gravats. Mais devant l'ampleur de la tâche, Grand-Mère Léo téléphone à sa femme de ménage, qui promet de venir aussi vite que possible malgré l'heure tardive.

– On attend Martine et on va au restaurant, reprend Grand-Mère Léo. C'est vous qui choisissez l'endroit… Vous verrez, quand les travaux seront finis, ça va être beau et vous pourrez tous prendre des bains moussants !

Elisa en rêve déjà… Contrairement à Flavia qui s'en fiche car elle n'aime pas se laver.

Avec toute cette poussière, Gabriel tousse comme un fou. Anna chuchote à Grand-Mère Léo :

– Il va falloir que tu l'emmènes chez toi cette nuit. Tu sais qu'il ne supporte pas la poussière…

– Tu as raison ! Peux-tu lui préparer ses affaires ?

Quand Martine arrive, elle explique à sa patronne :

– Tant que les travaux ne sont pas finis, on ne peut pas vraiment nettoyer…

– Faites de votre mieux, il s'agit juste que mes petits-enfants puissent dormir dans leur maison.

Tout le monde vote démocratiquement pour élire le restaurant. Finalement, la petite famille choisit un japonais pour un festin de sushis. Éléonore n'en raffole pas, mais réussit tout de même à en manger quelques-uns. Elle ne comprend pas l'engouement général pour ces rondelles de riz gluant, ces algues et ce poisson flasque. En plus, elle n'arrive pas à faire fonctionner ces pestes de baguettes, alors que même Gabriel les maîtrise parfaitement ! Il connaît aussi les noms de chaque plat japonais : sushi, sashimi, maki, tataki, chirashi et on ne sait quoi d'autre…

L'épreuve finie, Grand-Mère Léo embarque Gabriel chez elle, tandis que les filles et Billy reprennent le chemin de leur maison. Mais chez Grand-Mère Léo, les rideaux, les tapis, les coussins, les sols encombrés de bibelots et de livres d'art décoratifs font tousser Gabriel toute la nuit et l'empêchent de dormir. L'héberger n'est pas la solution.

Le lendemain matin, elle dépose le petit dernier à la maternelle et se rend dans sa future demeure provisoire pour accueillir les ouvriers… qui ne viennent pas. L'architecte ne répond pas à son portable, ni le chef de chantier.

Et voilà Éléonore dans une maison démolie par sa faute ! Car rien n'était assez bien pour elle…

Anna, qui n'a pas classe ce matin, prend les choses en main, comme d'habitude, et essaie de déblayer la cuisine. Grand-Mère

Léo est saisie de tendresse pour cette petite Cendrillon qui semble porter les problèmes du monde sur ses frêles épaules.

– C'est bientôt ton tour pour les journées de plaisir, Anna. Tu aimerais aller où avec moi la prochaine fois ?

Anna n'a pas le courage de lui avouer qu'elle préférerait avoir un peu d'argent pour son stage de radio plutôt que de la voir dépenser une somme folle pour quelques jours frivoles.

– Où tu veux, Grand-Mère, se contente-t-elle de dire.

Finalement, les ouvriers arrivent, juste avant l'heure du déjeuner. Ils reprennent le travail après s'être justifiés :

– Désolés, on a eu une urgence ailleurs…

– Vous avez une sérieuse urgence ici ! s'échauffe Éléonore. Il y a huit personnes qui ont besoin d'un toit et de murs, d'un logement sain et hygiénique.

– On est là, maintenant, madame ! soupire un ouvrier.

Ce n'est pas leur faute, à eux, si leur patron les fait tourner en bourrique d'un chantier à un autre !

– Mais on m'a promis que les travaux seraient achevés à la fin de la semaine… insiste Éléonore.

– S'il n'y a pas de mauvaises surprises, on tiendra parole.

Il doit y avoir un principe dans la vie selon lequel les choses empirent avant de s'améliorer… car à la fin de la journée personne ne peut plus entrer dans la maison tant elle est remplie de débris, de plaques de plâtre, de pierres en tas, en collines, en montagnes. Et les ouvriers ont coupé l'eau !

Éléonore a de la peine pour ces sept enfants, la mère plus loin que loin, le père Dieu sait où, et eux sans toit, sans nourriture, avec des devoirs en plus ! Ni une ni deux, elle saisit son téléphone et demande à l'Hôtel du Château de la licorne s'ils ont des disponibilités pour le reste de la semaine.

– Oui, nous avons bien sept chambres, lui répond-on mais il y a un mariage ce soir et ça risque d'être bruyant.

– Ça ne fait rien. J'embarque mon petit monde et nous arrivons. On peut dîner à l'hôtel quand même ?

– Pas de problème, nous avons une modeste salle à manger privative.

– Bon, les enfants, vous allez déménager à l'hôtel du coin jusqu'à la fin des travaux. On se prépare et *andiamo* ! dit Grand-Mère Léo après avoir raccroché.

« On », c'est toujours les mêmes : Billy, Anna, Bella et Cara, qui font bouger les autres et ramassent les affaires d'école, les pyjamas, les articles de toilette et assez de vêtements pour quelques jours. Un véritable déménagement, en effet !

– Qu'est-ce qu'on fait si maman et papa téléphonent ? demande Cara.

– Je vais leur laisser un message pour leur dire d'appeler sur mon portable, répond Grand-Mère Léo.

À l'hôtel, Bella croit rêver : elle a une grande chambre pour elle toute seule avec sa propre salle de bains, comme Anna, Cara, Dana, Elisa et Flavia. Gabriel partage la sienne avec Billy.

Grand-Mère Léo dîne avec eux puis rentre chez elle. Après tout, elle n'est pas encore de service.

Plus tard dans la soirée, la musique du mariage attire les filles, qui pointent timidement le bout du nez dans la salle de bal.

« Il y a déjà tant de monde... pense Elisa. On ne remarquera pas une ou deux personnes de plus... »

– Venez danser ! dit-elle aux autres.

Bella décline gentiment ; elle ne rêve que d'une chose : gagner sa chambre rien que pour elle et s'étaler sur son lit avec son dernier livre. Anna, quant à elle, est un peu inquiète : personne n'a fait ses devoirs... Bah... Ce sera tant pis pour cette fois. Elle va se coucher elle aussi et allume sa mini-radio. Gabriel tombe de sommeil et part dormir avec Billy, qui se demande comment il se réveillera le lendemain : contrairement à d'habitude, il n'aura pas l'agitation de la maison pour le tirer du lit…

Pendant ce temps, Cara, Dana et Elisa s'amusent comme des folles, tandis que Flavia les observe dans un coin. Elles seraient restées inaperçues si Elisa avait résisté à l'envie de montrer ce qu'elle sait faire. Au bout d'un moment, les convives forment un

cercle autour d'elle pour l'admirer danser. Elle déploie toute la batterie de ses talents : elle présente sa dernière chorégraphie et termine par le grand écart.

Ensuite, les filles se font même photographier avec la mariée !

– Dommage que Billy soit déjà au lit, dit Dana. Ça lui aurait fait une répétition pour le mariage de son frère.

Les jours suivants, Grand-Mère Léo vient dîner à l'hôtel tous les soirs après avoir fait un tour sur le terrain de golf. (Elle aime bien le golf, car c'est comme ça qu'elle a rencontré ses maris numéro 3 et 4.)

Finalement, malgré la promesse des ouvriers, les travaux ne sont pas tout à fait finis quand Billy doit partir. Les enfants restent encore le week-end au Château de la licorne… et Bella ne s'en plaint pas : elle apprécie de pouvoir lire comme elle veut, au calme.

Quant aux parents Arthur, ils ne comprennent pas pourquoi personne ne répond à leurs appels à la maison… Chaque fois, ils sont obligés de passer par Grand-Mère Léo.

– Rassurez-vous ! bougonne Éléonore. Comme vos enfants ne sont élevés par personne, ils sont très bien élevés… Donc tout va bien !

Grand-Mère Léo ayant obtenu que les ouvriers travaillent tout le week-end, la maison est prête le dimanche soir. Elle a fait venir son cuisinier, Abel, qui prépare un festin tout en réorganisant la cuisine.

Martine refait les lits avec les beaux draps fournis par Éléonore. Les filles prennent des bains à tour de rôle… sauf Flavia, qui fait semblant. Dans l'eau, au milieu des bulles de savon, Bella soupire : la maison a vite regagné son activité habituelle… Elle a bien profité du calme de l'hôtel pour lire et s'isoler. Mais elle est contente de retrouver la chaleur de ses sœurs autour d'elle, de voir Gabriel s'amuser, Cara réciter ses textes de théâtre ou Anna vérifier que tous les cartables sont prêts. C'est ça, sa famille !

deux

La glace à la varicelle

C'est le lundi matin que l'épidémie éclate : Dana, Elisa et Flavia sont brûlantes de fièvre, avec 39 °C de température. Gabriel est dans le même état, mais en plus il est à la limite de l'asphyxie tant il a du mal à respirer.

Éléonore est affolée. Comment va-t-elle faire ? Elle qui avait finalement réussi à s'organiser avec ses petits-enfants pour rencontrer Monsieur Mystère (ce possible futur mari numéro 6) !

Anna téléphone au médecin.

– Grand-Mère, le docteur arrive, dit-elle après avoir raccroché. Bon, maintenant, je dois filer : j'ai une interro ce matin.

– Attends-moi, Anna... dit Cara. Désolée, Grand-Mère, moi aussi j'y vais. En plus, j'ai une répétition que je ne peux pas manquer ce soir. Bonne journée !

Bella s'approche d'Éléonore et, trop contente d'échapper à une journée d'école, lui chuchote :

– Je peux rester, moi, si tu veux...

– D'accord, tu restes ; celles qui veulent et qui peuvent aller en classe y vont, conclut Grand-Mère Léo.

Une heure plus tard, le médecin déclare que les quatre plus jeunes ont la varicelle. En effet, des boutons commencent à s'étaler sur toute la surface de leur corps.

– Je leur prescris quelque chose contre la fièvre et les démangeaisons, explique le médecin à Éléonore. Vous pouvez aussi leur faire prendre des bains d'avoine. Et pas question qu'ils sortent de la maison cette semaine.

Éléonore est démoralisée. Elle qui pensait pouvoir vivre sa vie pendant les heures d'école, c'est raté ! Enfin… dans son malheur, elle a une satisfaction : ses petits-enfants ont maintenant une baignoire à disposition pour prendre leurs bains d'avoine contre les démangeaisons.

Tandis qu'Abel, le cuisinier, prépare le déjeuner en pestant contre les mauvais ustensiles, Bella, en bonne aide-soignante, lit des contes aux quatre malades, qui ne cessent de gratter leurs boutons. De temps en temps, elle s'interrompt pour consoler Gabriel qui pleure et qui tousse.

Comme tout le monde se gratte, Grand-Mère Léo se gratte aussi… Elle angoisse au sujet de ce rendez-vous IMPORTANT avec son Monsieur Mystère. Elle n'avait jamais envisagé un tel cataclysme ! Elle sent qu'elle va pleurer, comme Gabriel, au risque d'abîmer son maquillage. Elle sait bien qu'elle ne peut pas laisser les petits avec Abel et Bella, qui n'a que dix ans, et que du coup elle va être obligée d'annuler ce rendez-vous galant…

Elle est en train de badigeonner les trois filles et Gabriel avec une lotion calmante quand elle entend sonner à la porte d'entrée.

Bella court ouvrir. Le visiteur est grand, élégant et distingué.

– Grand-Père Mimi, merci d'être venu ! dit Bella. Nous avons sérieusement besoin de toi.

Et elle l'entraîne dans la chambre des malades.

– C'est moi qui l'ai prévenu, Grand-Mère, annonce-t-elle.

C'est la première fois en trente ans que ses deux grands-parents se voient. Depuis le temps, Émile et Éléonore ont grandi et oublié leurs rancunes. Contre toute attente, ils se jettent dans les bras l'un de l'autre.

– Éléonore, que cela me fait plaisir de te revoir !

– Émile, tu n'as pas changé !

– J'ai beaucoup changé… et surtout j'ai vieilli ! Je me sens fatigué. Mais j'ai appris que tu avais besoin d'un peu de renfort, alors j'ai accouru.

Éléonore sourit.

– Et… tu ne t'es jamais remarié ?

– Après toi, aucune femme ne m'inspirait.

Bella attire sa grand-mère au salon et lui chuchote :

– Je lui ai téléphoné pour que tu puisses aller à ton rendez-vous avec Monsieur Mystère.

– Rendez-vous ? Quel rendez-vous ? Non, je ne te laisserai jamais seule avec tous les malades !

– Mais il y a Grand-Père Mimi maintenant, il a l'habitude de s'occuper de nous.

– Ne t'en fais pas, ma chérie. Je vais en profiter pour refaire connaissance avec ton grand-père.

En rentrant du collège, Anna voit ses deux grands-parents en pleine discussion. Quelle surprise !

Bella la met au courant de la situation et précise :

– Laisse-les tranquilles. Grand-Mère Léo lui raconte tous ses maris morts. Elle lui a même dit qu'elle était bien contente qu'il soit vivant !

– T’imagines… si son premier mari devient son dernier mari ?

– Eh bien, ils auront beaucoup de demoiselles d’honneur !

Deux jours plus tard, malgré les soins des deux grands-parents, Elisa est toujours au fond de son lit. Non loin d’elle, Bella dévore un livre, tandis que Dana et Flavia se chamaillent déjà malgré l’heure et la varicelle. Cara et Anna s’habillent en vitesse, l’une pour son stage de théâtre du mercredi, l’autre pour le collège.

Elisa est tellement fatiguée qu’elle n’a même plus la force de danser, si malade qu’on lui a interdit d’aller à l’école. Alors, réduite à l’état de mollusque par la varicelle, elle réfléchit. Elle réfléchit à ses deux passions : la danse et la glace… sauf que depuis qu'elle est malade, c'est la glace qui l'obsède plus que la danse.

Danser, elle peut… dans sa tête. Elle s'imagine en train de s'élever sur les pointes dans des pas de deux romantiques ou des arabesques sans fin. C'est sa bouffée d'oxygène, même si elle ne fait que rêver.

Mais si on peut danser dans sa tête, pour manger, l'imagination ne suffit pas. Du coup, avec la varicelle, la glace est devenue une idée fixe : elle y pense tout le temps, sucettes glacées, cornets, petits pots, sorbets aux parfums exotiques… le rêve ! Elle donnerait cher pour se retrouver seule dans la cuisine à manger des litres et des litres de cette crème froide et délicieuse.

Voilà. Elle vient à peine de se réveiller,

et déjà il n'y a qu'un seul mot écrit au néon dans son cerveau : GLACE.

Mais là, sous sa couette, elle peut oublier ses rêves glacés. D'abord, elle ne sera jamais seule dans la cuisine. Ensuite, les parents ont laissé des instructions pour que leurs enfants mangent des fruits plutôt que des desserts appétissants. Pourquoi le médecin n'a-t-il pas recommandé une cure de glace pour accélérer la guérison ? Si ça avait été pour sa santé, ce serait passé comme une lettre à la poste…

De toute façon, Elisa ne pourrait pas aller dans un magasin de surgelés, puisqu'elle a interdiction de sortir jusqu'à la fin de la semaine. Et même si elle était en pleine forme, elle est loin d'avoir assez d'argent de poche pour se permettre de s'acheter de la glace à gogo. Mais le pire obstacle à sa gourmandise, c'est que les danseuses doivent être minces. On n'a encore jamais créé un ballet pour un troupeau d'éléphants ! Et une danseuse qui mangerait de la glace du matin au soir serait forcément une danseuse grosse, car, malheureusement, la glace contient du sucre et de la graisse, pas compatibles avec la légèreté supposée des ballerines.

Elisa sait qu'elle partage sa passion de la crème glacée avec Billy, qui s'efforce de faire des repas équilibrés et sains, mais qui achète des litres de glace sans le dire à personne.

« Pourvu qu'il n'ait pas tout fini avant de partir ! » songe-t-elle.

Elle a déjà un pied hors du lit pour aller vérifier tout de suite le contenu du congélateur, quand Gabriel se glisse dans la chambre des filles. Il apporte un grand scoop :

– Grand-Mère Léo et Grand-Père Mimi

dorment dans le même lit ! chuchote-t-il.

– Quoi ? Euh… mais est-ce qu'ils ont le droit ? demande Flavia.

Avant de répondre à sa sœur, Anna part vérifier, puis revient en courant.

– C'est vrai ! Ils sont dans le même lit… Apparemment, ils n'ont pas attendu d'être mariés pour ça ! affirme-t-elle.

– Ils ont déjà été mariés ensemble une fois, alors peut-être que ça compte, suppose Bella.

– Mais moi, je voulais être demoiselle d'honneur ! pleurniche Dana, qui voit s'envoler son rêve d'assister au mariage de ses grands-parents.

– Bon, on va faire comme si de rien n'était, dit Anna. Cara et moi, on finit de se préparer, et je vous prépare le petit déjeuner avant de partir.

Elle pousse un soupir. Ses grands-parents sont comme Billy, et le fait qu'ils soient TOUS LES DEUX réunis n'y change rien : comme le garçon au pair, ils dorment le matin sans vraiment se soucier du remue-ménage des enfants.

Heureusement, Abel vient d'arriver avec le pain et les viennoiseries, et Martine a déjà commencé le ménage. C'est autant de temps de gagné pour Anna !

Malgré sa bonne nuit de sommeil, l'aînée de la famille sent que ses paupières sont un peu lourdes. Elle se regarde dans le miroir. Ouf, pas de boutons ! Elle met sa fatigue de côté, enfile vite son manteau et appelle Cara. Elles doivent filer ! Elle ne veut pas arriver en retard au collège… et, surtout, elle a hâte de retrouver Martin, qui l'a justement invitée à passer l'après-midi chez lui. Pour une fois, comme Bella, Grand-Mère Léo et Grand-Père Mimi veillent sur les malades, elle pourra y aller !

La porte claque derrière elle et Cara.

Elisa sort alors de la chambre à petits pas.

Elle observe la partie congélateur du frigo américain. Mais impossible d'agir sans se faire remarquer : Abel ne sort pas un seul moment de la cuisine ! Ensuite, ce sont les deux amoureux qui se lèvent et viennent prendre leur café... Elisa attend patiemment, les parfums de glace défilent dans sa tête : pistache, noix de coco, vanille des îles, chocolat noir, nougat... Et la matinée passe sans qu'elle ait pu s'approcher du congélateur !

Après le déjeuner, alors que Grand-Père Mimi rentre chez lui « pour aller chercher quelques affaires de rechange », qu'Abel se rend au supermarché, que Grand-Mère Léo, Flavia, Gabriel et Dana font la sieste, Elisa peut enfin filer en douce dans la cuisine. Elle ouvre la porte du congélateur et fouille pour trouver ce trésor gelé qui la rend folle.

« Merci, Billy ! »

Le garçon au pair a laissé un demi-litre de glace au spéculoos ! Elisa l'engloutit d'un coup. Pour faire durer le plaisir, elle lit la liste des ingrédients :

Crème fraîche, eau, lait écrémé, sirop de sucre inverti, lactose et protéines de lait, sirop de glucose, morceaux de spéculoos (5 %) (farine de blé, sucre, matière grasse de lait, lait entier, matière grasse végétale, cannelle en poudre, poudre à lever : diphosphate disodique et carbonate acide de sodium ; amidon de blé), colorants (caramel ordinaire, bêta-carotène), arômes naturels, émulsifiant (mono- et diglycérides d'acides gras), stabilisants (gomme de guar, farine de graines de caroube, E407a). Peut contenir des traces de fruits à coque et d'œuf. (*issus d'huiles végétales.)*

« Qu'est-ce que c'est que tout ça ? » se demande Elisa.

Maintenant, elle se sent un peu coupable d'avoir mangé le pot de glace de Billy, et aussi d'avoir ingurgité tous ces ingrédients bizarres.

Elle téléphone au garçon au pair sur son portable, mais tombe sur le répondeur : « *Hi, this is Billy*. C'est Billy. *You've reached my telephone but not me.* Vous êtes bien sur mon téléphone mais je n'être pas. *Please, leave a message after the beep.* »

La dernière partie n'est pas traduite puisque tout le monde sait qu'il faut laisser un message après le bip.

– Salut, Billy. C'est Elisa. On a presque tous la varicelle à la maison ! Grand-Mère Léo a dormi dans le même lit que Grand-Père Mimi. Et, euh… je suis désolée, mais je viens de manger ta glace au spéculoos. Par hasard, tu saurais ce que c'est, le diphosphate disodique, l'émulsifiant et la gomme de guar ? Et ça veut dire quoi « E407a » ? Non, parce que là, en plus de la varicelle, j'ai peur de m'être empoisonnée. Euh, sinon, toi, tu vas bien ? Tout se passe comme tu veux en Irlande ?

Elisa raccroche. Il n'y a plus de glace dans la maison. Elle est sûre que si elle téléphonait à Grand-Père Mimi il lui en achèterait sans demander pourquoi. Mais est-ce qu'elle est vraiment prête à avaler de nouveau du bêta-carotène et du carbonate acide de sodium ?

Hum… La réponse est oui ! Vite ! Le téléphone.

Histoire de ne pas trop abuser, elle demande juste à son grand-père un litre de « Vanille Intense ». Intense… comme sa joie quand Émile arrive, peu après, avec sept litres de glace aux parfums divers.

– Mais tu as dévalisé le magasin ! lui dit Elisa, un immense sourire aux lèvres.

Grand-Père Mimi n'est pas aussi riche que Grand-Mère Léo, mais il est très généreux… et un peu excessif.

– J'ai sept petits-enfants, donc il fallait sept litres de glace ! répond-il en se bagarrant avec le congélateur déjà plein pour y caser les boîtes qu'il vient d'acheter.

Elisa est certaine qu'elle pourrait tout engloutir à elle seule.

Des blocs d'oignons coupés et des steaks hachés tombent par terre. Le dernier des sept pots de glace n'entre pas dans le congélateur,

malgré les efforts d'Abel qui a tout sorti et tout réorganisé.

– Puisque ce pot ne veut pas être rangé, on pourrait se faire un petit festin de glace ? propose Grand-Père Mimi.

Elisa hoche la tête : elle n'a d'appétit pour quoi que ce soit, sauf pour de la glace ! Cara rentre à point nommé… et ils sont rejoints par Bella, Dana et Gabriel. Tous les six dévorent ce petit litre allégrement. Puis Émile va rejoindre son ex-femme dans le salon.

Quelques instants plus tard, Flavia entre à son tour dans la cuisine.

– C'est dégoûtant ! Ils s'embrassent !

– On a le droit d'être amoureux quand on est vieux ? demande Gabriel.

– Je pense qu'il n'y a pas de limite d'âge pour être amoureux, répond Bella.

– C'est dégoûtant quand même ! s'exclame

Flavia, indignée. Pourquoi ont-ils divorcé, alors ?

Dana, qui connaît le goût de leur grand-mère pour le luxe, réfléchit.

– Peut-être parce que Grand-Père Mimi n'était pas assez riche ? Et puis, c'est le seul mari vivant de Grand-Mère Léo quand même !

Bella s'éclipse et revient avec son carnet. Elle leur lit :

Quand deux personnes de soixante-dix
ans s'embrassent,
Il faut se réjouir, il faut fêter ça !
Il faut faire un festin de glaces,
Car il vaut mieux aimer que pas !

Quand les grands-parents tombent
amoureux de nouveau,

Il faut être heureux, il faut sauter
de joie.
Car qu'est-ce qu'il y a de plus beau
Que les bisous, les caresses, les câlins...
l'amour, quoi !

Flavia ronchonne :

– Oh la la !

– Je n'ai pas fini !

– C'est pas la peine ! reprend Flavia en faisant mine de vomir.

– Tu es douée, Bella, la console Elisa. Tu as un cœur, toi.

Et elle envoie à Flavia des flèches avec ses yeux. Bella est parfois sa sœur préférée... parfois, c'est Anna, ou Cara, ou Dana, mais jamais Flavia, elle a trop mauvais caractère.

Anna interrompt le début de dispute en rentrant beaucoup plus tôt que prévu. Elle est

complètement épuisée, brûlante de fièvre… et couverte de boutons rouges ! Et, surtout, elle a l'air un peu triste.

– C'est mon tour, apparemment ! Juste au moment où Martin organise une fête…

Elle a à peine achevé ces mots que le téléphone sonne. Tout le monde fait un pas vers le combiné, mais Elisa est la plus rapide :

– Coucou, c'est Elisa !

– Comment va mes grands amours *frenchy* ?

Billy semble avoir perdu le peu de français qu'il a acquis depuis qu'il s'occupe de la petite famille.

– Pas terrible, Billy. Même Anna a la varicelle maintenant. Et comment vont les mariés ?

– Pas encore mariés !

– Comme Grand-Mère Léo et Grand-Père Mimi…

– *What is this about ?*

– On te racontera tout quand tu reviendras. Tu vas revenir, hein ? insiste Elisa.

– *Yes*, bien sûr.

– Ah ! Et Grand-Père Mimi a acheté de la glace pour remplacer la tienne que j'ai mangée.

– *That's O.K.* Passe-moi Anna, *please*.

– *Hi,* Billy! le salue l'aînée. Elisa t'a dit? Moi aussi je suis malade.

– La varicelle, c'est *chicken pox*?

– Ouais. J'ai peur de l'avoir passée à Martin. Il voulait que je l'aide à préparer sa fête d'anniversaire… Il avait prévu une boum.

– *Don't worry!* Y a autres boums dans ta vie. Ça passe, bientôt fini. Je parle maintenant à Bella.

Aussi rouge que ses cheveux, Bella prend l'appareil comme si c'était une patate chaude.

– Comment va ma grande *darling*?

– Ça va! Je ne suis pas malade, mais je ne suis pas sortie aujourd'hui.

– Mais c'est mercredi, non?

– Oui, mais j'ai aidé Grand-Mère Léo et Grand-Père Mimi avec les petits. Heureusement, il y a aussi le chef de Grand-Mère,

et Martine. C'est le luxe, mais on préfère ta cuisine.

– J'aide cuisine pour le mariage de mon frère. On fait repas français. Bon, tu *kiss* tout le monde et *take care of yourselves.*

Avoir parlé à Billy donne des ailes à Bella, qui finit son poème.

Même les filles de dix ans peuvent être amoureuses
Et rêver d'être prises dans des bras.
Elles savent que la passion est parfois douloureuse,
Mais l'amour triomphera !

Cette dernière partie du poème, Bella la garde pour elle. Elle la note dans son carnet, puis rejoint ses sœurs, dont Anna, qui ne cesse pas de se gratter.

– Arrête ! lui dit-elle. Ça va te laisser des marques.

Mais Anna, d'habitude si raisonnable, ne peut pas l'être quand il s'agit de démangeaisons affolantes. Elle demande ses gants à Bella. Puis elle suit l'exemple de Dana, file au lit… et s'endort sans dîner.

Abel a cuisiné un couscous. C'est le plat préféré d'Elisa. Mais elle n'a pas d'appétit. Cara, Bella, Flavia et Gabriel picorent aussi dans leur assiette. Seuls Grand-Mère Léo et Grand-Père Mimi font honneur au couscous du cuisinier, qui se plaint :

– C'est pas la peine de faire des efforts pour ces anorexiques !

– Mes petits-enfants sont malades, dit

Grand-Mère Léo pour les défendre. D'habitude, ils mangent très bien, et de tout !

– Et si on prenait une glace en dessert ? propose Grand-Père Mimi.

D'un coup, tout le monde à table se réveille… et, miraculeusement, l'appétit revient ! Décidément, la glace se marie très bien avec la varicelle !

trois

La boum à boutons

– Et voilà ma grande alliée qui m'abandonne… soupire Grand-Mère Léo en caressant le front d'Anna, encore plus frappée que les autres par cette satanée varicelle.

C'est le lendemain matin. La tête enfoncée dans son oreiller, l'aînée de la fratrie a l'air vraiment chagriné. Elle tient une feuille de papier dans la main. Assise à côté d'elle, sa grand-mère essaie de la consoler. Dana, qui fait semblant de lire dans son lit, écoute tout.

– Tu sais, la console Grand-Mère Léo, il y aura d'autres boums dans ta vie… Ce n'est pas grave ! Et tu peux peut-être demander à Martin de la remettre à plus tard ?

– Mais c'est le jour de son anniversaire ! Ça tombait un samedi, c'était parfait ! Il ne va pas changer la date pour moi…

– Ma chérie, et tu es ma grande chérie, il faut accepter ce qu'on ne peut pas changer.

– Mais, Grand-Mère Léo, c'est simplement trop bête : alors que maman et papa ne sont pas là, toi, pour une fois, tu es là avec Grand-Père Mimi et Abel et Martine… et je ne peux quand même pas y aller ! Ça n'aurait posé aucun problème ! Et voilà que je deviens la monstresse aux soixante-huit mille boutons rouges…

– Tu verras, mon Anna, tu auras d'autres occasions…

– Oui, mais c'était ma première boum !

– Il y aura d'autres premières fois, je te le garantis.

Quand Grand-Mère Léo quitte la chambre, Anna, qui avait jusque-là retenu ses pleurs, se laisse aller et les larmes coulent à torrents. Dana a énormément de peine pour sa sœur. Anna ne se plaint jamais et elle est toujours là pour eux !

– Anna, pleure pas. J'ai une idée, dit-elle.

Sans lui laisser le temps de s'expliquer, Cara accourt et intervient :

– On te maquillera pour couvrir les boutons, Anna ! Je t'assure : on peut tout faire avec du maquillage.

– Sauf maquiller la contagion, dit Bella qui vient de les rejoindre.

– Hum… oui, c'est vrai.

Le petit Gabriel se glisse entre ses sœurs. Il a lui aussi une idée.

– Et si tu allais à la boum par Skype ? propose-t-il, lui qui a l'habitude d'utiliser ce logiciel. Tu lui parleras par Internet ! Et comme ça, pas de problème !

– Oui, mais je ne peux pas danser avec Martin par Skype ! pleurniche Anna. Bella, Cara, dépêchez-vous de vous préparer pour aller à l'école !

– Et toi, Dana, c'est quoi ton idée géniale ? demande Cara, qui fait comme si elle n'avait rien entendu.

– Faire une boum boutonneuse des varicellettes en l'honneur de Martin !

– À quoi bon si c'est sans lui ? soupire l'aînée.

– On va juste lui dire qu'on va fêter son

anniversaire avec lui, mais à notre façon… Allez, ce sera marrant !

– Qu'est-ce qui est écrit sur ta feuille ? demande Flavia à Anna.

– Tout le programme de la boum. Il y a même les chansons que nous avons choisies tous les deux hier après-midi.

– Fais voir ! s'écrient son frère et ses sœurs.

Thème, jeux, menu, invités, chansons…

le papier est rempli de listes, les notes d'Anna sont très complètes. Dana va chercher une feuille vierge pour mettre au point le programme de la fête des varicellettes.

– Vous savez, ce ne sera pas la même chose… dit Anna avec tristesse.

– Non, mais tu seras entourée par les gens que tu aimes le plus, presque tous aussi contagieux que toi, dit gaiement Dana. Donc… la liste des invités : toi, moi, Bella, Cara, Elisa, Flavia, Gabriel, Grand-Mère Léo, Grand-Père Mimi, Abel et Martine. Et puis, t'inquiète pas, Martin, il viendra une autre fois !

– C'est quoi notre thème ? les interroge Cara.

– La varicelle, bien sûr ! Il faudrait que Martine ou Abel trouvent des serviettes et des assiettes en papier à pois rouges. On fera un gâteau à glaçage avec des pois roses, suggère Dana.

– Génial ! s'exclame Elisa.

– Et pour les jeux ? enchaîne Cara.

Gabriel en a toute une liste.

– Je sais : le chef de la bande, Jacques a dit, les chaises musicales…

– La bouteille ! ajoute Bella, tout excitée.

– La valise, dit Flavia. Et euh…

– Bon, ça va pour les jeux, l'interrompt Anna, qui s'anime peu à peu.

Elisa passe à la « rubrique » suivante.

– Le menu maintenant ! Que dites-vous d'un buffet de glaces et de gâteaux ?

– Des chips !

– Et des saucisses !

– Abel aura peut-être d'autres idées ?

– Je vais faire des invitations, propose Bella. Pour donner la date, l'heure et l'adresse.

– Pas la peine de préciser l'adresse, on est tous prisonniers de toute façon, bougonne Anna.

Bella s'isole quelques minutes et revient avec un modèle de lettre. Elle leur lit :

Pas la peine de faire la tête,
Vous êtes cordialement invité à une fête !
Même avec la varicelle,
On va s'habiller pour être belles.
Dix-neuf heures dans le salon Arthur
(Pas la peine de venir en voiture).

Dana la félicite :

– Super, Bella ! Rajoute « R.S.V.P. »...

– Bon, cette fois, on doit partir à l'école... se résigne Bella. Tu viens, Cara ?

– Bonne journée, les filles ! dit Dana. On va recopier le texte de l'invitation. Alors, qui veut décorer les cartons ?

– Moi ! s'exclame Gabriel. Je vais dessiner des fleurs avec des pois rouges.

✧✧✧

À l'heure du dîner, le petit et ses six sœurs placent les invitations sur chaque assiette. Grand-Mère Léo et Grand-Père Mimi sont les premiers à ouvrir les enveloppes puisque les autres savent déjà ce qu'elles contiennent.

– Oh, quelle bonne idée ! s'exclame Grand-Mère Léo en regardant son ex-mari. Ce sera notre première fête depuis notre divorce !

✧✧✧

Le lendemain, pour Éléonore, des négociations s'engagent : Abel est tellement enthousiasmé par cette idée de fête qu'il a plein d'idées de plats, et il imagine tout de suite quelque chose de chic et de distingué, du genre tournedos au foie gras, le tout éclairé aux bougies. Mais Éléonore veut suivre les envies de la fratrie : ce sera hamburgers et frites, « aux bougies, si vous voulez… On verra moins les boutons ».

En regardant sa grand-mère parlementer avec son cuisinier, Dana a une illumination.

– Et si on appelait Grand-Mère Léo « GML » et Grand-Père Mimi « GPM » ? Ce seraient de bons raccourcis !

Toute la famille est d'accord, y compris les principaux intéressés.

Malgré la maladie, il règne un climat joyeux dans la maison. Tout le monde est gai… même Cara qui a fini par attraper elle aussi la varicelle, mais qui reste assez énergique.

Il n'y a que Flavia qui bougonne dans son coin.

Elle envie son frère (« Oh qu'il est mignon ! ») et elle se dit que, décidément, elle aurait préféré être un garçon. Elle n'aurait pas eu à s'occuper de ses cheveux bouclés, elle qui hurle quand Anna les brosse…

Mais voilà que Grand-Mère Léo entreprend de vernir les ongles de ses sœurs (à part Anna, qui est restée dans son lit pour se reposer et Bella qui est partie à l'école à regret) avec de magnifiques couleurs fluo, et Flavia en veut aussi ! Pour une fois, c'est pas mal d'être une fille ! Sa grand-mère refuse de faire les ongles de Gabriel et il pleure. « Les garçons ne sont pas censés pleurer à cause du vernis à ongles. Ce n'est pas moi qui vais le consoler ! » se dit Flavia en donnant sa main gauche à Grand-Mère Léo.

TVMAG

Coiffée, manucurée (et malgré quelques boutons de varicelle au visage), Flavia se sent belle... à l'extérieur. Mais, à l'intérieur, elle est remplie de colère, comme un poison. Et c'est cette colère qui fait que tout le monde (sa maîtresse, ses sœurs, Billy) lui dit qu'elle a mauvais caractère.

Elle aimerait être aussi belle à l'intérieur qu'à l'extérieur. Mais comment faire ? Les seuls moments où elle sent que son mauvais caractère disparaît, c'est quand elle nage. Mais elle ne peut pas aller à la piscine avec la varicelle !

Flavia fait un tour dans la maison pour observer ses sœurs et son frère : Anna est un ange, Cara et Dana amusent la famille, Elisa ne dérange personne... sauf quand elle saute avec ses entrechats et ses pirouettes, et Gabriel est le chouchou, parce qu'il est le dernier et le seul garçon. Elle, par contre, n'est connue que pour son tempérament orageux.

En retournant au salon, elle tombe sur Grand-Père Mimi, toujours de bonne humeur, toujours agréable et serviable.

– GPM, qu'est-ce que tu penses de moi ?

– Je pense que tu as du caractère.

– C'est bien ou c'est mal ?

– Tu pourrais peut-être t'adoucir un peu…

– Comment ?

– Souris davantage !

Flavia court à la salle de bains, se regarde dans le miroir et essaie de forcer ses lèvres à faire ce truc : sourire. Elle se trouve ridicule avec ce sourire qui éclabousse son visage normal. Mais si ça peut l'aider à effacer son mauvais caractère, elle est prête à le garder !

Elle va se montrer à la famille. Cara lui demande :

– Qu'est-ce qui t'arrive ?

– Je joue le rôle d'une fille de bonne humeur.

– Mais tu es une magnifique comédienne ! On fait une pièce ensemble ?

Anna aimerait soutenir sa sœur dans ses efforts, mais elle est trop fatiguée, alors elle se contente d'un « Ça te va bien ! ».

Le vrai miracle, c'est que le sourire de Flavia est aussi contagieux que la varicelle, car, en la voyant avec ce machin dessiné sur les lèvres, tout le monde lui sourit en retour.

– Je ne savais pas que tu étais aussi belle ! s'étonne Grand-Mère Léo, les yeux rieurs.

Du coup, le sourire de Flavia devient un vrai sourire, le signe extérieur de ce qui se passe à l'intérieur ! Elle court se présenter devant Grand-Père Mimi qui la félicite.

– C'est bien, ma Flafla ! Tu as gagné la moitié de ta bataille.

– Faut que je fasse quoi maintenant ?

– Chaque fois que tu sens qu'une grosse colère arrive, inspire de tous tes poumons, puis souffle longtemps.

– Combien de fois ?

– Jusqu'à ce que ta colère passe.

En milieu de journée, voilà sa colère qui remonte quand Gabriel passe dans le salon.

Il lit un livre en marchant. Et ça l'énerve… ça l'énerve ! Flavia applique la méthode de Grand-Père Mimi : elle inspire, elle souffle. Vingt fois. Et c'est vrai : elle oublie peu à peu sa colère. Le problème, c'est qu'elle ne peut pas sourire en respirant fort.

Mais elle doit s'en sortir toute seule, car Mimi s'est éclipsé mystérieusement… (Elisa espère qu'il va encore rapporter des glaces… mais non !) En cette veille de fête, les allées et venues ne cessent pas dans la maison. En effet, dès qu'Émile revient, c'est Éléonore qui part à son tour en mission secrète. Mais Flavia ne fait pas attention à ce tourbillon incessant. Préoccupée, elle accourt vers son grand-père, l'imperméable encore sur le dos.

– Qu'est-ce qu'il faut faire quand quelqu'un t'énerve vraiment vraiment fort ? lui demande-t-elle.

– Tu t'en vas. Fuis ce qui t'énerve !

– C'est pour fuir que tu as divorcé de GML ?

– Ce n'est pas moi qui suis parti.

– C'est toi qui l'énervais alors ?

– Je n'étais pas l'homme de ses rêves et cela l'embêtait.

– Et maintenant tu es devenu l'homme de ses rêves ? C'est pour ça que vous couchez dans le même lit ?

– Nos rêves changent en vieillissant. Léo est prête à accepter plus de gentillesse et moins de richesse.

– Mais tu n'es jamais en colère, toi ?

– Si, bien sûr. Nous ne serions pas humains si nous n'avions pas de saines colères, de saintes colères.

– Qu'est-ce que tu fais quand ça t'arrive ?

– Si je suis debout, je m'assois. Si je suis

assis, je me couche. Et ça finit par passer.

– Et si ça ne passe pas ?

– Je compte jusqu'à cinq…

– Je peux compter jusqu'à cent sans que ça change rien parfois, moi… rétorque Flavia.

– Compte à l'envers !

– Bon, je pense que j'ai compris. Il faut que j'accroche ce sourire idiot sur mon visage, que je respire et que je me change les idées. J'aurai bon caractère alors ?

– Pas si vite ! Tu as mis du temps pour accumuler ta colère, tu ne peux pas t'en débarrasser en cinq minutes. À laquelle de tes sœurs aimerais-tu ressembler le plus ?

– À Anna.

– Dans ce cas, fais-toi l'apprentie d'Anna. Suis-la, observe-la, aide-la dès que tu peux.

– Mais elle est au lit, elle fait la sieste.

– Alors tu l'imites.

Flavia essaie de dormir à côté d'Anna, mais elle est trop excitée, trop désireuse de devenir un ange. Il lui vient une inspiration quand Anna ouvre les yeux.

– Qu'est-ce que je peux faire pour toi, Anna ?

Surprise, celle-ci lui donne une mission :

– Peux-tu téléphoner à Emma et lui demander de m'apporter les devoirs ? Et après, téléphone aux amies des autres pour leur demander la même chose.

Flavia se sent importante en secrétaire personnelle d'Anna. Et sa démarche remporte du succès… En fin d'après-midi, elle se montre même très prudente pour les « messagers des devoirs », à qui elle n'ouvre pas la porte, pour ne pas les contaminer. Elle leur a donné la consigne de sonner et

de glisser les devoirs sous la porte. Mais elle ne dit pas à Anna qu'elle n'a pas téléphoné pour avoir ses propres devoirs. Elle n'en a pas besoin.

Du coup, quand ses sœurs se rassemblent à la table de la salle à manger pour se débarrasser de leurs devoirs avant le week-end, Flavia leur demande :

– Je peux vous aider ?

– Tu pourrais recopier cette punition collective à ma place ? C'est vraiment injuste, je n'étais même pas là ! dit Cara.

– C'est quoi la punition ?

– Il faut écrire toute la conjugaison du verbe « devoir ».

Flavia accepte, s'assoit et s'applique à la tâche. Elle aime bien copier, parce qu'elle n'est pas obligée de réfléchir. Mais elle met une heure à le faire.

– Ta maîtresse va savoir que ce n'est pas ton écriture, dit-elle à Cara, inquiète.

– Qu'elle aille se faire cuire un œuf ! répond l'intéressée.

Gabriel est trop petit pour avoir du travail à la maison. Il rêve à la fête des varicellettes. Il propose :

– Et si on faisait un spectacle aussi, pour la boum ?

– Oh oui ! Une petite chorale familiale comme dans *La Mélodie du bonheur*, s'enchante Bella, que la maladie n'a toujours pas gagnée. Je vais écrire des paroles sur le thème de la varicelle.

Elle s'y met aussitôt.

Les autres ont beau être malades, chacun s'active à sa façon pour préparer la fête… Et les devoirs, eh bien, les devoirs attendront !

Les enfants passent la matinée du samedi à apprendre la chanson de Bella. Elle a écrit plusieurs strophes et Cara invente la musique. Ils se cachent pour répéter quand leurs grands-parents s'absentent.

On n'a pas fait à demi cette épidémie !
Tous ensemble sauf une !
Sept cent mille cas par an dans ce pays…
Faut le vaccin pour être immune.

Varicelle, varicelle…
Pas facile d'être belle
Quand on la varicelle
On gratte, on gratte, c'est irréel

D'abord incubation
Puis éruption
Puis contagion…
Et bientôt la guérison !

Dès le midi, la cuisine embaume de parfums délicieux. C'est trop demander à Abel que de se cantonner aux hamburgers-frites… alors il fait quand même chanter ses marmites.

Grand-Père Mimi siffle en se rasant et sort de la salle de bains avec un smoking et un nœud papillon. Grand-Mère Léo offre à chacune de ses petites-filles une boîte qui renferme une robe à pois rouges. Toutes ont été coupées dans le même tissu, mais chacune a une particularité : l'une est dotée de froufrous, une autre de volants discrets… Quant à celle d'Anna, elle est un peu moulante. Pour Gabriel, Grand-Mère Léo a prévu un smoking et un nœud papillon, comme celui de Grand-Père Mimi. Les six filles et le garçon s'étonnent que tout cela leur aille à la perfection.

– Comment as-tu fait ça ? demande Dana à sa grand-mère.

– J'ai trouvé le tissu et j'ai apporté quelques-unes de vos robes à ma couturière pour qu'elle ait vos mensurations. Vous êtes toutes splendides !

– Et moi ? l'interroge Gabriel.

– Mais oui, toi aussi, tu es beau !

Juste avant de commencer les festivités, Grand-Mère Léo allume la télé. Elle espère voir sa fille sur un autre champ de bataille que celui de cette maison où la quasi-totalité des enfants ont finalement attrapé la varicelle.

Eh oui ! Voilà sa fille qui donne de sinistres nouvelles d'Afghanistan. À la fin de son reportage, allant à l'encontre de ses habitudes, Ariane ajoute :

– Toutes mes excuses à ma mère et à Anna, Bella, Cara, Dana, Elisa, Flavia et Gabriel de ne pas être avec eux. Je vous aime.

– Et ton père, banane ? s'écrie Grand-Père Mimi. J'existe aussi !

– Allez, ne te vexe pas ! dit Grand-Mère Léo. Elle ne sait pas que tu es là.

Ils se regardent tendrement, fiers de leur fille et pas mécontents de toute la chaleur boutonneuse autour d'eux.

Le reportage terminé, Ariane Arthur téléphone à la maison. Elle déclare :

– Branchez Skype sur l'ordinateur, on va faire une téléconférence avec votre père.

Grâce à la webcam, la petite famille se montre, toute pimpante, en robe et en smoking. On ne sait pas où finissent les robes à pois et où commencent les boutons ! Grand-Mère Léo a enfilé simplement une robe rouge, sans pois. Elle a peur que ça ne lui porte malheur ! À l'autre bout du monde, la mère des enfants n'en revient pas :

– Maman, papa est là aussi ? Papa, comment ça se fait que tu sois chez nous ?

– Il y avait besoin de renfort !

– Tu es là… AVEC maman ?

– … et avec tes sept enfants, dont six qui ont la varicelle, et Abel… et Martine.

– Et vous vous parlez ????

La voix d'Ariane Arthur résonne dans le haut-parleur.

C'est Flavia (quelle rapporteuse !) qui dit ce que tout le monde pense si fort :

– Non seulement ils se parlent, mais ils couchent dans le même lit !

– Illégalement ! ajoute Elisa.

– Papa, c'est vrai ? Maman, c'est pas vrai !

Éléonore rougit.

– On a oublié pourquoi on s'était disputé…

– C'est formidable ! Bénie soit la varicelle ! Et pourquoi les filles sont toutes habillées pareil ?

– On fait la fête !

– La fête pour quoi ?

– Nos fiançailles ! annonce Grand-Père

Mimi en tendant une petite boîte à Grand-Mère Léo, qui rougit encore plus.

– Mon petit doigt me dit que vous avez joué aux marieurs, mes enfants, s'amuse Arthur Arthur.

Anna se défend :

– On n'a pas fait exprès !

– Quand on partira en lune de miel, ajoute Grand-Mère Léo, on pourrait emmener tout le monde avec nous. En Suisse… à Ascona, par exemple !

– Mes parents sont fous ! s'exclame la mère des enfants. Désolée, tout le monde, il faut que je vous quitte. Vous êtes tous magnifiques.

– Et toi, Arthur ? Qu'est-ce que tu racontes ? reprend Grand-Mère Léo.

– Beaucoup de travail, Éléonore !

– Et tu rentres quand ?

– À la fin de l'épisode de varicelle, bien sûr… rigole-t-il.

Puis chacun fait des bisous qui traversent les milliers de kilomètres et la conversation s'achève.

Un peu plus tard, Flavia va voir son grand-père.

– Tu lui as acheté une belle bague, à GML !

– Et je vais en acheter une autre pour toi !

Mais voilà le téléphone qui sonne à nouveau. C'est Martin, pour Anna.

– J'ai annulé ma fête, lui apprend-il.

– Pourquoi ?

– Devine…

– J'aime pas les devinettes…

– Allez, essaie !

– La varicelle ?

– Bingo ! Tu viens de gagner des millions !

– Oh, je suis désolée pour toi !

– Ma mère voudrait parler avec ta grand-mère.

Anna passe le téléphone à Grand-Mère Léo.

– Bonjour, madame Martin, dit Éléonore. Je suppose que la contagion a fait son travail…

– Oui, et ça tombe mal, parce que demain nous avons le mariage de ma nièce… Je voulais savoir, puisque vous ne risquez rien, si nous pouvions vous amener Martin pour la journée…

– Seulement si vous l'amenez maintenant, car nous avions justement prévu une petite fête ! Il dormira ici, sur le canapé-lit du salon.

– Merci beaucoup ! C'est très gentil. Je viendrai avec son gâteau d'anniversaire.

Anna est aux anges, ainsi que toute la famille. Les chandelles, si elles cachent les boutons, ne cachent pas la joie d'une fête d'anniversaire de rêve. Grand-Mère Léo, Grand-Père Mimi et les enfants se rassemblent autour de la table et convient Abel

et Martine à les rejoindre. Tout le monde danse et s'amuse.

Tiens, voilà que Bella commence à se grattouiller. Avec un peu de chance, elle aura une belle varicelle demain… Son frère et ses sœurs resteront peut-être à la maison une semaine de plus pour lui tenir compagnie ?

Table des matières

Susie Morgenstern

Susie a grandi dans une famille de filles, mais jamais TROP de filles. En plus, elle a des filles ! Et des petites-filles !

Née aux États-Unis, elle a émigré en France et elle écrit en français (peut-être trouve-t-elle le français plus féminin ?). Elle a l'impression de bien comprendre les filles. Pour elle, un garçon c'est un extraterrestre !

Elle est la plus heureuse quand elle est chez elle, à Nice, en train... d'écrire !

Le titre La Sixième *de Susie Morgenstern, est publié aux Éditions de l'École des Loisirs.*

Clotka

Clotka est née dans la formidable campagne picarde, mais elle vit à Paris depuis l'âge de 10 ans.

En 2005, étudiante à l'EPSAA, avec ses camarades de promo, elle lance le blog *Damned*, première étape qui la conforte dans son désir de faire de la bande dessinée. En 2009, elle publie sa première BD, *Les équilibres instables* avec Loïc Dauvillier (Éditions Les Enfants Rouges).

Parallèlement elle réalise des illustrations pour la presse et l'édition jeunesse.

DÉCOUVRE UN AUTRE TITRE DE LA COLLECTION

premiers romans

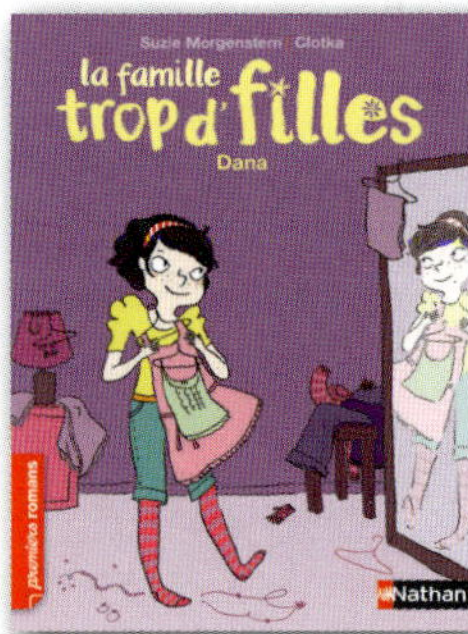

Dana

Une série écrite par Susie Morgenstern
Illustrée par Clotka

« Dana le sait : elle n'a pas de talent particulier, comme Cara ou Bella ou Elisa. Elle n'a pas non plus l'autorité naturelle d'Anna, le caractère fougueux de Flavia et elle ne sera jamais le chouchou, comme Gabriel, le petit dernier. Pourtant, Dana a quelque chose que les autres n'ont pas. Elle ne le sait pas, mais elle est la plus belle des filles de la famille. Avec ses yeux bleus et sa chevelure noire, elle ressemble à Blanche-Neige.
Dana veut briller. Alors, comme pour être entendu il faut avoir quelque chose à dire, elle raconte des blagues. Et pour être regardée, elle s'est inventé une façon de s'habiller qui n'appartient qu'à elle… »

Dans cette famille nombreuse, Dana aimerait des moments juste pour elle toute seule. Heureusement, Grand-Mère Léo est là !